청어詩人選 527

아지랑이 좋은 날에

최정옥 시집

도서출판 청어

아지랑이 좋은 날에

최정옥 시집

축하의 글

최정옥 시인의 시심과 신앙과 감동의 첫 시집을 위하여!

저는 소설가로 문단에 데뷔했지만 방송작가와 작사가도 겸하여, 지금도 방송에 관심이 많습니다. 그런데 그 많은 방송 프로 중에 저는 작사가라서 요즘 방송계의 대세인 종편 TV에서 경쟁적으로 쏟아내는 〈미스/미스터 트롯〉〈현역 가왕〉과 현실을 떠나 초야에 숨어 사는 〈나는 자연인이다〉 그리고 〈식객 허형만의 백반기행〉을 즐겨 시청합니다.

이번에 최정옥 시인의 첫 시집 『아지랑이 좋은 날에』에 실린 시편들은 우선 〈미스/미스터 트롯〉에 출전하는 트로트 고수들처럼 '개성과 매력과 혼'이 담긴 시들로 독자를 사로잡으며, 또한 〈나는 자연인이다〉의 주인공처럼 사연이 담긴 신앙 시가 있는가 하면 〈식객 허형만의 백반기행〉처럼 아주 특별한 시 맛을 느끼게 하는 순수시로서, 최정옥 시인이 독자 여러분에게 '시 잔치를 차린 아주 특별한 시집'이라고 하겠습니다. 이에 저는 최정옥 시인의 첫 시집 『아지랑이 좋은 날에』가 독자님들의 큰사랑을 받으시길 기원하면서 축하의 글에 가름합니다. 감사합니다.

—이은집(한국문인협회 부이사장)

시인의 말

독자에게 위무와 희망이 될 수 있다면!

삶의 사랑을 시로 엮어 보았습니다.
누구나 시한부의 한평생을 살아가지요.
기쁨도 슬픔도 행복도 다 내 삶이었기에
삶의 서정과 사랑 그리고 주님과 가족,
어느 한 부분도 소중하지 않은 것이 없습니다.
내 삶을 한 편 한 편 시로 옮기면서
아름다운 상상과 시니컬한 감성에 젖은 나를 발견했습
니다.
나의 시들 중 단 한 편이라도 독자들을 위로할 수 있다면
나의 삶이 독자들에게 위무가 되고
시 구절 하나라도 희망이 될 수 있다면
한 권의 책으로 엮어 내는 시집이
그 사명을 다하는 것이라고 생각합니다.
오늘도 정 깊은 사랑으로 행복을 만들고
하루가 충만한 삶의 여정이기를 기원합니다.

2026년 4월에   최 정 옥

차례

축하의 글
시인의 말

제1부 호접란

14 가을 잎새

15 오아시스 눈물

16 잡초

17 해바라기 집

18 호접란

20 민들레꽃 시를 읽고서

21 들국화

22 본분

23 삶이 버거울 때

24 늦은 그리움

26 가을이 오면

27 나만의 나

28 어느 행복한 소천

30 단풍

31 이방인

32 삶의 저편

33 구중 속 외로움

34　아슴한 기억

35　자유의 향기

36　스승

제2부　아지랑이 좋은 날에

40　마음 비우기

41　잊었기에 차마 잊었습니다

42　복종

43　이대로도 괜찮아

44　비가 오면

46　아지랑이 좋은 날에

48　예쁜 유머

49　은행잎이 날릴 즈음에는

50　정

51　하얀 밤

52　그대의 향기

53　삶의 유전

54　그대 생각

55　가을은 서러운 계절

56　안타까운 우정

57　솔직함의 매력

58　갈등의 소용돌이

59　사랑이 여린 이유

60　일상 속의 행복

61   겨울로 가는 길목에서

제3부 산다는 축복

64   때 이른 모란이 피고 지고

65   산다는 축복

66   우울한 침묵

67   별밤의 고백

68   내 삶은 주님

70   덤으로 사는 인생

71   주님!

72   내 안의 악마

74   탄생

75   위로와 찬사

76   전능자

77   복의 근원

78   강 언덕에 서면

80   위로의 말씀

81   푸른 오월

82   동행

83   만족

84   행운아

85   축복

86   열정

87   코로나

제4부 우리들의 자화상

90   참말이지

91   가족

92   엄마 마중

93   낙화

94   감사의 대물림

96   바람

97   가을 고추잠자리

98   솔내음

99   인생 유한

100 뻴기풀

101 아이는 행복에너지

102 사랑

104 진정한 스승님 사랑

105 울컥

106 아버지 기억

107 사랑의 시

108 평생 엄마공주

110 우리들의 자화상

111 아름다운 기억

112 막둥이들의 춤솜씨

평설_이영철(소설가·한국소설가협회 부이사장 역임)

114 상처를 품은 서정, 관계를 다시 부르는 목소리

제1부

호접란

가을 잎새
오아시스 눈물
잡초
해바라기 집
호접란
민들레꽃 시를 읽고서
들국화
본분
삶이 버거울 때
늦은 그리움
가을이 오면
나만의 나
어느 행복한 소천
단풍
이방인
삶의 저편
군중 속 외로움
아슴한 기억
자유의 향기
스승

가을 잎새

도토리 떨어지는 소리에
퍼뜩 놀란 아기 다람쥐
밤송이마저 알알이 터져
땅 위에 나뒹구네

제 몸 각각 변신하여
불태우는 붉은 잎새는
텅 빈 가슴 홀연히 바람에 날려
언덕배기 위 벼랑 끝을 향하고

손을 흔들며
울음을 울지 웃어야 할지
못내 떠나가며
가을을 붙잡고 울먹이는 소리
보고 싶을 것이라고
또 보자고…

오아시스 눈물

맘껏 울고 싶을 때가 좋았어
그때의 눈물은 걷잡을 수 없었지
누가 볼까 봐 흐르는 눈물을 몰래 훔치곤 했어

나도 모르게 흐르는 눈물은
목이 마르도록 타들어 가는 순진한 아름다움이었어

그런데 어느 순간부터
울컥, 울고 싶게 만드는 것들이
속절없이 무너지고 무디어지더니
어느 순간 이마저도 잊혀져 가고 있더라구
눈물샘이 아예 고장이 났나 봐

사막화되어버린 이 마음
어떻게 맑은 샘 흐르는 오아시스로 만들까
세상의 온갖 세파와 유혹에 시달렸지만
아랑곳하지 않고 당당한 나만의 감성이 필요해

순수한 나의 눈물을 도로 찾을 거야
서정에 겨워 우는 감성의 나를 찾을 거야
감성이 뛰어노는 눈물, 삶을 이해하는 눈물
오아시스의 내 눈물을 찾으려 또 찾으려…

잡초

마구 힘 솟아 나풀대는 너는 누구냐
인정할 수가 없어 힘들어

잘난 체하는 너와
엮이게 되고 함께 사는 게 유감이야

너는 언제나 숨 가쁘게 전진하여
나를 헷갈리게 하며 따돌리지

너는 밟을수록 고개를 쳐들어 나풀대고
나를 지치게도 하며 우롱하지

그러나 너는 잡초야
싫어도 인정하며 지켜 보고 있지만
더 비참해지기 전에 너도 인정해
너는 잡초라고…

잡초는 우거져도 잡초 세상이고
잡초는 꽃을 피워도 잡초다

해바라기 집

어릴 적엔 우리 집을
해바라기 집이라 불렀다네
마당 한 가득 해바라기꽃들이
지천으로 피어있었지
동네 사람들은
가던 길을 멈추고 커다란 두 눈 갸우뚱

가을로 가는 길에 노랗게 물든 꽃은
보석 박힌 보름달 되어
아침에는 해를 보고 저녁에는 노을을 보았지
환히 웃는 보름달의 해바라기꽃
지금은 누가 보아줄까, 피어나기나 할까
아직도 눈에 선한 고향집 마당

호접란

이름도 모르고 꽃도 피지 않는
화분 하나가 책상 한구석을 차지하고 있었다
잎에 윤택도 없고 지저분하다며 남편이 묻는다
"이 화분 버리면 어떨까?"
무용지물은 아니기에 별생각 없이 대답했다
"버리지는 말고 베란다에 내어놓읍시다"
산 생명을 버리는 매몰참이 싫어 그렇게 말한 것인데
졸지에 베란다 구석으로 쫓겨났다
존재감을 잃어버린 하찮은 화분이 된 것이다

어느 날…
음식점 창가에서 진분홍 꽃을 매단
예쁘고 화려하기까지 한 화분 하나를 만났다
자세히 보니 잎이 집 베란다의 화분과 똑같지 않은가
놀라움과 반가운 마음에 물어보니 호접란이란다
꽃 이름도 모르고 처박아 둔 죄책감과 밀려드는 미
안함…

그날부터…
물을 주고 사랑을 주며 애지중지 키웠다
1년 뒤 꽃대궁이 쑥 올라오더니

진분홍 꽃송이를 가득 피우는 게 아닌가
오! 이 당당하고 예쁜 존재감이라니…
천덕꾸러기가 행복 덩어리가 된 것이다
해마다 여름이면 행복을 피우는 꽃!
우리 부부는 호접란을 대할 때마다 중얼거린다
고마워, 미안해, 사랑해…

민들레꽃 시를 읽고서

시인님의 인품과
성품을 알게 되어
마음이 풍요롭고
여유로워진 듯합니다

시작 활동에
많은 깨달음도
점점 더하리라 믿습니다

주옥같은 시어 속
남은 인생의 방향이 균형을 잡아가는
길잡이가 될 것 같습니다

알알이 귀한 뜻이
알알이 높은 뜻이
깃들어 있음에 더욱 아름답습니다

들국화

무서리 내리는 산기슭에
들국화 홀로 하늘을 보고 있습니다
낙엽 떨군 나목들은 휴식을 취하고 있는 걸까요
무심코 올려다본 하늘은
구름 한 점 없이 마알갛습니다

겨울엔 땅이 얼고 뿌리가 시리겠지요
추위를 삼키고 고독을 견디겠지요
열심을 가장하며 살았지만
계획적으로 살아진 적이 없기에
가야 할 방향만 정하고 살아왔습니다

철딱서니 없이
늦가을에 핀 개나리도 이해를 합니다
소임을 다하고 뒹구는 낙엽의 의미를 알기에
바람의 노래를 들으며, 나목의 노래를 들으며
들국화에게 길을 묻습니다

본분

같은 일을 두고도

어떤 이는 절망을 하고

어떤 이는 희망으로 삼고

어떤 이는 양심에 호소하나

잊지 말아야 할 것은

새겨두어야 할 일을 망각할 때

은혜를 모르고 망각할 때

우리의 영혼은 빛을 잃으리

삶이 버거울 때

삶이 버거워서 서러울 때도
부푼 꿈을 꾸곤 하였지

지나온 길보다
더 많은 날이 남아있음에 감사하며…

지나온 길 험해도
남은 날은 나를 위한 길임을 확신하는 거야

모든 것은
맘먹기에 달린 거라고 스스로 위로도 하는 거야

마침내
그 꿈은 빛을 발하여
드디어 비상이라며 날 때가 있겠지

늦은 그리움

나이가 들어갈수록
사소한 것들이 귀찮아진다
있는 그대로
자연 그대로 살고 싶다
절약도 젊었을 때 하는 것
펴 주고 배려하고…
가진 것 없어도
살아가는 자체가 소중하고
돌아오는 것이 있다면 아름다움이다

세월이 가고
사랑도 가고
나이 들면 남는 게
정으로 엮어 가는
친구밖에 없다는데
그리움은 어디로 떠도는가
사랑했던 그 친구들은 지금쯤
어떤 그리움을 태우고 있을까

길을 알 수 없는 길목에 서서
가는 길의 종착역을 가늠해 본다

나이가 들어갈수록
귀찮다고 그리움마저 지우지는 말자

가을이 오면

짙게 물든 가을날 어스름한 저녁!
설레는 마음에 이끌리어
집 앞 언덕길을 한달음 달려 내려와
논둑길 옆 풀숲에 엉거주춤 기대었지

풀벌레 소리 혼미하게 들려오고
푸르디푸른 높은 하늘은 검게 변하고
난생처음인 듯 보이는 많은 별들
무더기로 쏟아져 내려 황홀경에 빠졌지

지난 일들은 망각인가 싶었는데
순수함의 극치였던 촌스러운 옛이야기들이
뜬금없이 떠오른 가슴앓이의 추억은
대체 웬 말이란 말인가

내 가슴과 귀에 남아있는 그리움들
망각 속에서도 그리움은 잔재한단 말인가
스산한 바람에 사무치는 길 잃은 마음
가을이 오면…

나만의 나

오늘처럼 싫은 날 또 있을까
삶이 온통 지루하기만 해

혼란에 빠진 나는 온종일 혼미해

자신 있던 모습은
허울뿐, 어디로 사라졌나

오늘처럼 싫은 나를 내가 알 수 없는 날
그러나, 그 또한 괜찮아

오롯이 나는 오직 나만의 나니까

어느 행복한 소천

지인의 어른께서 소천을 하셨단다
슬픔을 위로하려
서둘러 빈소를 찾아 들어서니

아뿔싸!

상주의 차림새!
노란 양복!
빨간 넥타이!
리본은 검은 리본!

웃음 띤 얼굴 어머니의 첫사랑
상주 아들 왈

"여러분!
우리 어머니가 어젯밤에 소천하셨어요

여느 때처럼
아침, 점심, 저녁, 잘 잡수시고
차츰 기운이 없다 하시더니
그만…

우리 어머니는
영원히 행복한 곳으로 가셨답니다…"

'아! 그렇구나 '
님이여!
편히 잠드소서

단풍

앙상한 가지만 남더라도
하나둘 잎 떨구고 겨울로 가자

잎새 내밀던 봄부터 가을까지
열정으로 붉게 태우며 살았잖아

후회도 미련도 훌훌 털고 가자
너로 인한 봄은 다시 오리니

이방인

낯선 땅 위에서 내 존재를 묻는다
사라진 듯
실종된 곳

과거의 그리움이 내게 다가오는 곳
여기 내가 있음에도
여기 내가 없네

나는 누구인가
나는 언제까지 이 자리에 머물 수 있을까
나는 방황하네

쭉정이 같은 나
내 정체성을 찾지 못하여
하늘을 보곤 하지

수많은 별들처럼
무수한 인간들 속
그 틈새에 머물고 있는 나는 누구인가

삶의 저편

눈 속에 담은 왼쪽 기억이
가슴에 담은 오른쪽의 느낌이 될 수 있을까
아슴아슴한 기억들 맴돌면
기억 저편의 그리움은 어느새 가물가물 피어올라
마음 깊이 녹아드는
심연의 그리움들로 간절해지지

삶으로 녹아든 어설픈 옹이들은 차츰 사라지고
마침내 아름다운 기억으로로만 승화되어
지금은 가고 없는 당신의 빈 자리가
어느새 그리움으로 켜켜이 채워지곤 하지

유한한 삶의 까마득한 기억 저편에 우리는 살고
알 수 없는 무관심에 안주하며
남겨둔 삶의 뒷자리가 무한한 것처럼 살고 있지
어쩌면
평범을 가장하여 무디어지게 살아가는 삶이
행복한 삶인지도 모르지

구중 속 외로움

구름 드리운 하늘에 홀로 남긴 그림자
고조곤히 속삭이는 바람의 소리

들릴락 말락 한 뭇사람들 소리

마음속 빈 공간에 침묵은 흘러
마냥 홀로인 채 소리 없는 악을 쓰곤 하지

또 다른 의미의 깨달음이
빛으로 찾아올 때까지

내일의 빛을 기다리며
외로움이 사라질 때까지

아슴한 기억

가끔은 고적함을 느낄 때
눈 감으면 떠오르는 얼굴들
모래알처럼 흩어졌다가는
맘 한쪽 구석에 쪼그려 앉아
진한 그리움의 향기를 품고서
되돌아와 흥얼대곤 하지

바람에 실려 온 파편들
흐릿한 기억들은
이내 색바랜 그림 되어
그리움의 노래를 부르고
잊혀진 순간들을 다시 꺼내어
품에 안아보기도 하지
아슴한 기억들이 살아서 기어 나오지

자유의 향기

새벽을 깨운 향기로운 여명 속
영혼 맑은 아침이 오면
자유를 갈망하며 높은 하늘을 향해
맘껏 날아오르고 싶어

가슴을 활짝 열고
찬란한 창공 휘가르며
맘껏 순간, 순간들을
오롯하게 느끼고 싶어

날개로 손짓하는 날
땅의 무게를 벗어난 푸른 세상에서
소리 없이 속삭이는
자연의 멜로디를 듣고 싶어

세상의 경계를 허물고
끝없는 자유의 향기와 그리움의 날개 펴고서
꿈꾸던 세상을 향해
맘껏 토로도 하고 싶어

새! 처럼…

스승

다가올 세상사

기회를 주시고
경험되도록 많은 일 부여하시네

실수와
깨달음과
자조의 힘도 주셨지

이런
모든 시련과 희망을 주는 것이
스승!

제2부

아지랑이 좋은 날에

마음 비우기

잊었기에 차마 잊었습니다

복종

이대로도 괜찮아

비가 오면

아지랑이 좋은 날에

예쁜 유머

은행잎이 날릴 즈음에는

정

하얀 밤

그대의 향기

삶의 유전

그대 생각

가을은 서러운 계절

안타까운 우정

솔직함의 매력

갈등의 소용돌이

사랑이 여린 이유

일상 속의 행복

겨울로 가는 길목에서

마음 비우기

결 곱지 않은
기억의 편린들이 묻어있는
마음속 알알이를
마음에 담기에는 못내 힘겨워

이제는,
바람결에 미련까지
모두 어서 흩날리어
보내고는

남겨진
나만의 결 고운 사랑을
언제까지나 노래하며
간직하는 아름다움으로 살련다

잊었기에 차마 잊었습니다

문득
그대 소식을 듣던 날
후려치는 마음에
가슴이 시달려야 했습니다

못내 지웠다고
모른 듯 지나침은 안타까움
멍울이 집니다

그런대로 지닐 만하다는 그 말은
다독이는 말임을 알기에
못내 서러움입니다

가슴속에 새긴 모습을 열어 본다는 말에는
답을 할 수 없습니다
잊었기에 차마 잊었습니다

복종

감성을 많이 갖고 태어난 나
사춘기가 되어서는 〈복종〉이란 시가 너무나 좋았어요
그래서 즐겨서 외우곤 했지요

내가 즐기던 이 시를
미래의 나의 짝꿍에게
꼭 들려주고 싶다고 생각하곤 했으니까요
나는 어느 날 마침내
내 짝꿍에게 이런 말을 했어요

"복종하고 싶어서 복종하는 것은
아름다운 자유보다도 더 달콤하다"고…

내가 즐기는 또 다른 시 중에는
가슴 저린 시구들이 마음에 맴돌고 있어요
소중한 내 짝꿍에게는
귓속말로 이 구절을 들려주곤 하지요

"그대가 곁에 있어도 나는 그대가 그립다"고…

이대로도 괜찮아

고운 맘 먹고서
마음 문 열어 보니
내 마음을 보고서도
고운 맘이 아니라 하네

애초 맘이 안타까워
서러운 후회를 하네
도로 맘을 돌려볼까
어찌 내 마음 보여주랴

애써 고운 맘 보이려니
너무도 서글퍼 아리지만
이대로도 괜찮아
위로도 해보네

그 어떤 의미도
무에 그리 소중한가
외면하고 안 보아도
애초 맘은 그대로인 것을…

비가 오면

내 사랑은 빗소리를 좋아한다네

빗소리를 들으면
마음이 편안해진다고…

행복에 겨운 삶을 살아온 사람이라고
살짝 말해주었지

양철 지붕 위에 떨어지는 빗소리…
우다다다 따따따!
소싯적에는 그 소리가 차라리 적막했어

오늘!
비가 내리네
빗방울 소리 천둥 치듯 요란하던 그때를 떠올리네

우리는
어느새 빗속을 헤집고 다녔지
행복에 겹다는 내 사랑!
나도 덤으로 행복하네

소싯적은 가버려 흔적 없이 서러워도
추억은 남아있어 나의 맘을 마냥
아련하게 하네

아지랑이 좋은 날에

언제라도 손 내밀면
그 자리에 있을 거라고…
언제라도 손 내밀면
당연히 닿을 거리에 있을 거라고…

기대어도 좋은 정다운 님은
어디를 서성이며 머뭇거리고 있나요
자리를 비워둘 테니 부픈 살가움으로 오시와요

함께해서 좋은 날들
아지랑이 가물거려 좋은 날에는
남풍이 불면 남쪽으로 가고 동풍이 불면 동쪽으로
가자요

갯버들이 움터 올라 고개 내밀면
우리 서로 손을 잡고 세월의 나그네 되어 떠나자요

정겨운 일들이 기다리고 있을 거예요
고왔던 기억들이 따라오고 새록새록 웃음 지을 거예요

나는 기다릴래요

언제까지나 기다릴 테니 어서 손을 잡아요
조금만 더 좀 더 힘껏 사랑으로 다가와요

예쁜 유머

중년이 넘은 남편의 까칠한 턱수염이 거슬렸다
고민 끝에 슬쩍 말을 건넸다

당신
내가 달려들까 봐 내버려두는 거지요?

이튿날
남편의 말끔한 턱이 참 보기 좋았다

나는
또 한마디를 건넸다

당신
내가 달려들면 어쩌려구…

은행잎이 날릴 즈음에는

바람 일어 노오란 은행잎이 날릴 즈음에는
아름답고 아련한 옛 기억들이 되살아나고
걷던 길을 멈추어 사색에 잠기곤 하지

바람 일어 노오란 은행잎이 날릴 즈음에는
살포시 내려앉은 은행잎이 내 머리에 느껴지고
행복에 겨워 어느새 꿈속 동화나라에 앉아 있지

바람 일어 노오란 은행잎이 날릴 즈음에는
색종이 접어 나비를 만들었던 내 유년 시절이 생각나고
옛 생각이 그리워 눈을 감곤 하지

바람 일어 노오란 은행잎이 날릴 즈음에는
그때 그 시절이 그리워지고 아직 다하지 않은
나의 아름다운 미래를 꿈꾸며 행복에 젖지

정

가슴이 에여도
뿌리 끝까지 흔들리는
아픔도 참아내는

그것은 바로
어리석게도 수렁이었다
헤어나지 못할 깊은 늪이었다

그래도
사랑이기에 자꾸만 드는 정
헤어 나오지 못하는 사랑의 늪
시나브로
나도 모르게…

하얀 밤

한순간
하얗게 밀려오는 번뇌 속 그대 생각

구멍 난 가슴을
글로써 긁적여 채워 보려니 하염없네

밤새워 꿰매던 시간들은
오고 간다는 말이 없고

저 멀리서 여명만이 찾아와
나의 창문을 두드리네

하얗게 새운 밤을 하얗게 밝히면서…

그대의 향기

분주함 속에도
잠깐의 여유를 만끽하고파 고적함을 찾아 나선다

아름아름 뒷동산에 올라
낮아져 발아래 흐르는 강 너울의 흐름을 보네
비탈에 앉아 풀 내음 삼키며
지인이 보내준 시집을 펼치니
아련히 전해오는 시구에 상기되는 그대의 얼굴

노란 민들레!
눈을 감으니 스치듯 전해 오는 그대의 향!
아! 고운 숨결이 느껴지는 민들레 같은 그대

삶의 유전

아기는 입술을 내밀며
엄마 젖을 보채는데
엄마는 과일과 비타민을 먹고 있다
아기는 엄마 젖 속의
비타민을 먹고 싶은 것일까

당신의 먹는 모습은 참 이쁘다
고기며 야채며 음식 가리지 않고
잘 먹는 모습이 사랑스럽기 그지없다
나는 천천히 적게 먹어도 된다
잘 먹은 당신을 내가 먹을 거니까

먹이사슬이 망가졌다
사랑사슬도 망가졌다
일상이 무너지는 바쁜 삶 속에
사랑을 하지 않고
아기를 낳지 않는 무정한 사회니까

그대 생각

이른 아침에 맡는 연초록의 풀 내음은
언제나 가슴 설레게 한다

계절은 살아서 움직이고 있고
나의 가슴은 봄 향기에 한없이 부풀어 오른다

머잖아서 찾아올 뜨거운 계절은
농익은 진초록의 아름다운 향기리라

다가올 계절에는 이 길을 그대와 함께 걸어야지

오늘도 나는
부풀어 차오르는 그대 생각에 가슴이 벅차다

가을은 서러운 계절

가을은 아름답고도 서러운 계절
서늘한 바람의 속삭임은 떠날 때를 아는 숭고함
여름 나무들은 차츰 금빛으로 물들어가고
물기 잃은 낙엽은 계절의 춤을 추며 내려앉지

하늘도 나무도 푸르름 잃어 구름만 드높아 가네
을씨년스런 바람이 마음을 스쳐 고즈넉해지면
어느새 숨겨놓은 가슴 속 그리움이 하나
짧아져 가는 낮과 밤에 피어나 그대의 숨결을 느끼
게 하지

여름 환상이 서러움으로 무너져 가고
황금빛 아름다움은 여전히 살아서 숨을 쉬고 있구나
또 다른 희망은 새로운 사랑의 씨앗을 품으려나 보다

안타까운 우정

어느 순간 섭섭함의 씨앗이
마음속에 뿌려지나 싶더니 안타까움이 시작됐어
싸늘하게 다가오는 비에 젖은 너의 영상

햇살처럼 따뜻했던 너
마음 깊은 곳을 밝혀주었던 너
한 송이 꽃처럼 고왔던 너
그림자로 단짝이던 너를
예전으로 돌릴 수는 없을까

아름답던 지난날의 숨결이 그리운데
우정의 덫은 어느 때쯤 씌워졌단 말인가
세상의 삭막이 너를 더욱 힘들게 했겠지만
사랑의 온기로 데워지고 또 데워지길 바라

밤하늘의 별처럼 순수했던 너
지켜보는 안타까움도 힘겨워서 슬퍼
우정의 덫에 걸린 우리가 아니길 바라며
너의 마음을 너무도 잘 알기에
꽃보다 아름다운 사람의 향기로 돌아와 줘

솔직함의 매력

솔직함이 마음을 열게 하고
가식 없는 눈빛엔 두려움도 사라지고
사랑의 힘이 저절로 솟아나지

행여 상처 될까 가려서 하는 말
이제는 괜찮아

어둠을 뚫고 비추는 빛
진실의 목소리는 자상하게 들리니까

너의 솔직함에는
예전엔 미처 못 느낀 매력이 넘치니까

갈등의 소용돌이

모두의 시선에 평범하고
반듯하게 보일지는 몰라도
나의 마음 깊은 곳에는
솔찮게 엉큼함도 쌓여 있지

숨겨진 약간의 두려움과 욕망
자신도 가누지 못하는
맘 한구석엔 군데군데
갈등과 번뇌로 휘말리곤 하지

아무렇지 않은 듯 너를
웃으며 바라보지만
내 안의 울림과 아우성은
힘든 고백의 무게를 더하지

겉과 속이 다른 모습
외면과 내면이 다르니
자신을 잃은 듯한 기분이 들 때
시린 바람 한 줄기 스쳐 가곤 하지
갈등의 소용돌이가 삶을 스쳐 가곤 하지

사랑이 여린 이유

당신이
나에게 서운한 말을 할 때 몹시 화가 나요

당신의 그 서운한 말에
약간의 변명 아닌 반박을 할 때
당신도 몹시 마음 서운했지요
당신에겐 전혀 예기치 못한
일일 테니까요

큰 의미 없이 던진 말 한마디가
큰 의미가 담긴 말이 되어
돌아온다는 것을 알아요

난
그토록 여린 당신을
마음 시려하곤 하지요
때마다 약간의 후회와
시린 가슴 한편에 여전히 간직한
지극한 사랑이 있다는 걸 알거든요

일상 속의 행복

분주한 일상 속에서도
가슴 한편에는
너를 품고 있는 행복함에
지그시 눈을 감지

남몰래 미소도 새어 나오고
시도 때도 없이 부풀어 커지는 가슴
이래도 되는 건가~

어느 순간, 내 안에 소리 없는 신음은
아린 가슴을 앓고 있음에 놀라
소스라치기도 하지

되짚어 볼 수 없는 시간이
가고만 있으나
돌아올 수 없는 시간 속에서도
나의 일상은 너로 인해 웃음 웃는
행복의 연장이지

겨울로 가는 길목에서

못 잊어 돌아보는 이 마음을
누가 누가 알까나

아쉬움에 뒤돌아서서 보니
저만치서 손을 흔들며 가네

애타는 이내 맘 어찌할까나
눈물마저 떨구게 하는 붉은 낙엽

다시 오마고 새끼손가락 내밀어
약속도 했지

못내 보고 싶을 거라고 말하며
추억 먹은 사랑을 잊지 말라며…

제3부

산다는 축복

때 이른 모란이 피고 지고
산다는 축복
우울한 침묵
별밤의 고백
내 삶은 주님
덤으로 사는 인생
주님!
내 안의 악마
탄생
위로와 찬사
전능자
복의 근원
강 언덕에 서면
위로의 말씀
푸른 오월
동행
만족
행운아
축복
열정
코로나

때 이른 모란이 피고 지고

지금은 때가 아닙니다
아직은 고난의 때입니다
때가 되기도 전에
마음의 준비 없이
놀라움을 주시는 당신은
대체 누구십니까

기쁨을 주시는가 싶더니
기회도 안 주시고
온통 서러움과
허무만을 안겨주는 당신은
대체 누구십니까

다시
그대 기다리면
때가 되기만을 기다리면
여전한 그대의 때가 되면
정령 당신은 오시는 겁니까

산다는 축복

산다는 건 축복입니다
음지를 양지로 양지는 더욱 밝게
내가 너이든 네가 나이든
상부상조 상생의 양지여야 합니다
양지를 만드는 태양은
골고루 차별 없는 만 생명의 근원입니다

두루두루 더불어 잘 사는
같이 또 함께의 행복은 희망사항입니까
얼마나 오래 산다고 시기 질투인가요
능력껏 사는 삶을 서로 인정하고
존중하며 격려의 박수를 칩시다

당신으로 인해 하루가 따사롭고
배려와 베풂은 돌아오는 부메랑
가슴을 따듯하게 데우는 행복입니다
단절된 개인주의가 팽배하기에
버려도 되는 이기심들은 버리고
조금은 이타적인 삶은 어떨까요
그리하여 우리 서로 조금씩 행복해집시다

우울한 침묵

가끔씩 억울해도 할 말 있어도
내 입으로 빚 갚으면 그나마 남는 것 없어질까
기꺼이 아끼고 참아내지

허물 많아 내세울 것 없기에
행여 자신 허해질까 가끔 아니 자주
아무 일 없는 듯 지나치기도 하지

침묵은 금이라고 했던가
나의 억울함과 서러움을 보상받는 곳은
오직 주, 내 주님만이 해결해 주시리라

별밤의 고백

바람이 부는 삶의 길 위에
내 발자국이 남겨지겠지
힘겹게 살아온 날들
날마다 기쁨의 날을 갈망했지
눈물과 웃음도 많이 섞였어

하루하루 쌓인 꿈들을
모아 모아서
어둠 속에서도 빛을 찾아 헤맸어
그 자체로 성공이라 사람들은 말하지

"너는 잘 살았어!"
"너는 잘하고 있어"
그러나 내 맘 깊은 곳의
진정한 성공의 의미는 무얼까
별밤에 나의 고백을 듣고 싶다

나는 오늘도 걸어가고 있다
나를 찾아 산다는 의미를
알아가고 있는 중이다
조금씩 조금씩 쉴 새 없이
이 길 위에서…

내 삶은 주님

내 삶은 언제나 주님께서 간섭하십니다
먼 후일 내가 주님을 뵈올 때면 주님은 나에게 물으시기를
"너는 살면서 사람들을 얼마나 사랑하였느냐?"
고 물을 것입니다 그때, 나는 자신 있게 대답할 수 있도록
많은 이들을 차별 없이 두루 살피고
사랑하며 살기를 노력할 것입니다

"너는 이 세상을 얼마나 열심히 살았느냐?"
고 물을 것입니다 나는 이때를 위하여
시간을 허비하지 않고 촌음을 아끼며
말씀에서 떠나지 아니하고
부끄럽지 않게 살아가기를 힘쓰겠습니다

"너는 살면서 사람들에게 상처 준 일이 없었느냐?"
고 물을 것입니다 나는 이때를 대비하기 위하여
말을 아끼고 은혜로운 말과, 남에게 유익을 주는
진솔한 마음을 갖도록 부지런히 가꿔가겠습니다

"너는 살면서 삶이 아름다웠느냐?"

고 물을 것입니다 나는 이때를 위하여 매사를 부정의 눈으로
보지 않고 긍정의 눈으로 볼 수 있게 해달라는,
그래서 모든 삶이 아름답게 승화되기를 매일 기도드리겠습니다

"너는 이 세상을 살면서 좋은 열매를 얼마나 맺었느냐?"
고 물을 것입니다 나는 이때를 위하여 부끄럽지 않고 자신있게
대답을 할 수 있도록 나의 마음 밭에 좋은 씨를 뿌려서 부지런히
부지런히 가꿔나가도록 애쓰겠습니다

주께서 거듭 말씀하시기를,
"너는 삶이 행복했느냐?"고 물으실 것입니다
이때 내가 하는 말,
"네에, 주님! 주께서 허락하신 저의 삶은 외롭고도 때론
흔들릴 때도 있었지만 주님이 주신 은혜로 과분한 삶이었고
행복한 삶이었습니다"라고 자신 있게 대답할 것입니다

덤으로 사는 인생

삶이 그대를 지치게 하는가
대가를 치르며 살아야 하는
인생이라면 우리는
순응해야 하는 고난을 되새겨 보리라

전능자가 값없이 주신 덤으로
우리는 세상의 행복을 위해 왔고
삶이 어차피 고난의 길이라면 의미 없어

오늘의 안식처가 내일의 안식처가 되고
품고 사는 오늘의 일들로
우리는 삶 자체로 살아야 하리

우리는 누구나 시한부 인생이기에
주어진 시간에 최선을 다하는 행복
덤으로 사는 인생에 의미를 더해야 하리

주님!

영육의 연약함, 가슴엔 회오리바람
살을 에는 고통, 절망의 늪에서
서러운 눈물이 앞을 가렸던 때가 있었어요

그래도 주님은 나를 버리지 않으셨어요
오로지
높은 꿈을 향한 끝없는 열정을 품게 하셨지요
날마다…

주님은
갈수록 새 힘을 주셨어요
독수리 날개 치며 올라가는 꿈과 힘을 허락하셨어요

나는 지금도 꿈을 꾸어요
지나온 날들의 회한이 몰려오고 힘들어도
오늘도 나는 행복한 주님의 어린 양입니다
여태까지의 나를 있게 해 주시어 눈물로 감사드려요
주님!

내 안의 악마

내 맘속에 악마가 살고 있네

되새김질하여 깨닫는 순간
악마는 귓속말로 속삭이네

예전에 상처를
떠올려라 떠올려라

온갖 고통들아
너도 어서 춤을 춰라

기억하라 기억하라
그때를 기억하라

모자라면 도와주마
기억하라 분노하라

내 안에 있는 분노를
잠재울 이는 누구런가

나는 나는 알고 있네

모르는 척하며 알고 있네

내 맘 가는 대로
내 뜻대로 하라고 부추기네

유혹하네 유혹하네
끝없이 붙들고 늘어지라고

주여! 이젠 제발
도우소서 도우소서

이내 악마 마음 어루만져
잠재워 주소서

탄생

고통을 견디고 시달리다
마침내 사랑의 결정체로 아이는 태어났네

탯줄에 이어진 생명줄
우렁찬 울음소리로 세상을 깨우고

맘 졸이며 기다려온 열 달의 산고를 지나

고통의 흔적이 사라지고
온몸은 기쁨으로 가득하였네
그게 바로 너였네

환희로 벅찬 가슴
새로운 생명의 탄생을 온 맘 다해 축복하네

위로와 찬사

깊은 상처가 있음에도 위로와 찬사가 흐름을
맘속에 감지하게 하시고

먹구름 속에서도
태양의 따스함으로 위로와 찬사가 있으셨지

깊은 내면의 소리에 귀를 기울이라고도 하셨어
결코 혼자가 아니라고

깊은 상처는 곧 가장 큰 아름다움이니 함께 걷자고
힘을 보태어주셨지

그분은 전능자이시며 힘의 원천이시지!

전능자

인생을 살아가며,
세상만사는 결코 우연히 이뤄지지 않았다
삶에서 절대로 요행이란 있을 수 없었다

선한 것을 갈망하고
애원할 때 힘들고 고통스러웠다

어느 순간
노력한 만큼의 대가로 넘치도록 채워주심을
경험으로 알게 하셨다

감격과 정당함으로 그 진리를 확인시켜 주신
거짓 없는 사랑의 손길로 어루만지는
그분은 전능자!

복의 근원

전능자 그분은
인간에게 복을 주실 때
반드시 결과물을 보신다네

인간의 무력함과
연약함을 아시는 그 분은
우리를 진정으로 사랑하시기에

억지로라도
인간에게 시련의 터널을
건너게도 하시고

시련의 터널을 건넌 후에는
감당 못 할 상급으로
보상해 주신다네

그것이 그분만의
사랑의 증표이고
사랑의 방식이라네…

강 언덕에 서면

강 언덕에 서면
고조곤한 솔바람이 속삭이고
물결이 춤추는 소리 따라
자연의 숨결이 느껴지지

강 언덕에 서면
언제라도 위로의 안식과
반짝이는 햇살이 기다렸다는 듯
빛을 쏟아내고
그늘 드리운 쉼도 줄 거야

강 언덕에 서면
먼 데서 들려오는
온갖 새들의 노래 들리고
시간이 멈춘 듯
평화가 찾아오겠지

강 언덕에 서면
강물은 유유히 흐르고
추억도 실어 나르며
우리들의 이야기도

어딘가 새겨지겠지

강 언덕에 설 때마다
외로움이 가슴에 스며들면
온갖 물고기와 새들을 불러와
서로의 가슴 벅찬 이야기들을
맘껏 나눠야겠다

위로의 말씀

진리의 말씀을 대하다가
달콤함에 맘 빼앗겼던 생각이
스치다 보니 이내 맘 편치 않네

두절할 수 없던 곱지 못한
자아들이 살아나서 식은땀을
마구 흘려 막막할 때

"너는 내 것이니 염려하지 말라"

주님 말씀이 맘 깊이 들려와
마구 돋아나는 죄의 흔적을
씻겨주신다 위로하셨네

주님!
버겁고 험난한 가시밭길을 다닐 때마다
저의 불손한 마음들을 철삿줄로
단단히 매어주소서!

푸른 오월

봄의 끝자락에는 부드러운 햇살이
나뭇잎 사이로 스며들어
온 세상이 푸르른 꿈을 꿔

세상의 온갖 색색들이 살아 숨 쉬고
하늘은 높고 구름은 가벼워
우리네 마음도 날아오르지

푸른 오월
그리움의 계절
잊지 못할 순간들을 담아내는 시간

함께 걸어온 그 길
사랑의 약속이 흐드러진 곳
영원히 기억될 우리의 이야기

동행

많은 사연을
맘속에 담고도
하고픈 말 상처 될까
일일이 고하지 못하네

인생의 옹이들이 결 곱지 못해도
함께한다는 것
그 하나만이라도
얼마나 다행한 일인가

인생살이가 흔들리지
않고서 어찌 인생이런가
함께 한다는 것은
그 어떤 것보다 아름다운 것을…

만족

나의 작은 소망이
타오르게 만든 힘은
어디에서 오는 것일까

희망의 근원을 찾아
타오르던 절실함과
설레던 마음들이여

땀 흘려 세월 가라 하니
부푼 소망은 뜬구름 되어 떠가는가
행복은 과연 무엇이었나

과분한 결실은
벅찬 가슴만이 알 수 있지
더 바랄 것이 무엇인가
살아 있음이 바로 만족인 것을

행운아

굳이 말이 필요치 않다고 하네
느낌으로도 삶에 활력을 넣어준다니
이런 횡재가 어디 있을까

마음에 확신을 주었다고 믿어도 돼?
그러나 그럼에도 늘 좋을 수는 없어
욕심이고 이기적인 아집이지

작은 것에도 감사 넘치는 사람이
진짜 행복한 사람일 거야
부족함에도 마음에 충만함이 넘치는 마음은
아무나 가질 수 있는 건 결코 아닐 거야

작은 것에 행복을 느끼는 사람이 진정한 행운아!
그건 바로 나야!

축복

복희 친구야!
너도 딸이 둘, 나도 딸이 둘,
우리는 딸딸이 엄마였지
아이들이 어릴 때
우리는 한동네에서 매일의 일상처럼 만나 곤했지

어느 날은 각자 일을 보자며
헤어진 후 은행 일을 보러 갔더니
그곳에서도 만났잖니
못 말린다며 깔깔 웃었지
이제는 우리의 딸들이 행복 찾아 제 갈 길을 가고
우리는 비로소 할미가 되었지

엊그저께 태기가 없어 걱정했던 네 딸
네 사랑스런 막내딸이 아이를 낳던 날!
나는 네 기쁨만큼이나 나도 기뻤단다
왜 안 그렇겠나
우리가 오랜 시간을 맘 졸이며 기다렸잖니!
너무 좋아 네게 축복의 기도문을 보냈지

친구야! 딸아! 사랑해! 영원히…

열정

내 영혼은
언제나 높이 솟아오를 채비를 하지

뿌리 끝부터 끓어오르는
열정의 힘은 어느 분의 선물인가

묵은 것은 묵은 대로
새로운 건 새롭게 마구 힘을 주시네

설레는 열정과
불길은 갈수록 커져가고

날이면 날마다
가슴 벅차오르지
한 번이라도 꺼내어 보았으면…

코로나

너와 나는
달콤한 자유를 만끽하며 꿈을 꾸며 살았지
어느 날 행복에 겨운 기지개 켜며 눈을 비비던 중
천 길 깊은 수렁이 보이고
우리는 공중에 출렁이는 구름사다리에 대롱대롱 매달
려 있네

낯선 도시 낯선 풍경…
한낮인데도 칠흑 같은 밤…

아니 아니 이건 아니야
엄습하는 두려움도 용납 못 해
어찌 딛고 이뤄낸 삶의 터전인가
우리 모두 가슴에 등불 하나 지피자

견디며 싸우는 거야
보이지 않는 적은 보이지 않는 면역으로 싸우는 거야
바이러스와의 전쟁은 인간의 숙명
이겨내며 물리치는 거야
파이팅~!

제4부

우리들의 자화상

참말이지

가족

엄마 마중

낙화

감사의 대물림

바람

가을 고추잠자리

솔 내음

인생 유한

삘기 풀

아이는 행복에너지

사랑

진정한 스승님 사랑

울컥

아버지 기억

사랑의 시

평생 엄마공주

우리들의 자화상

아름다운 기억

막둥이들의 춤 솜씨

참말이지

출가한 딸에게서 문자가 왔다

엄마!
시집을 뒤적이다 어느 시인이 쓴 시
「엄마하고」를 읽다가 울컥 엄마 생각이 났어…

출가한 딸에게 답을 보냈다

엄마도 너희가 아기였을 때
아니 지금도 너희와 이야기하다 말고 눈물을 글썽
이잖니

엄마는 너희 생각을 하면

너무너무 좋아서 자다가도 웃는다고 말을 하곤 했지
그게 바로 참말이지…

가족

서로의 마음을 이어주는 끈
식구들만이 아는 옛 추억이 흐르고
함께 희망의 미래를 꿈꾸기도 하지

서로 어깨를 기대고 손을 잡으며
행여 잘못될까 염려하며
서로를 챙기곤 하지

가족이란
행복한 웃음과 눈물이 교차하는 곳
영원한 나의 안식처며
사랑과 꿈의 보금자리

엄마 마중

하늘에는 차가운 달빛이 흐르고
그리움과 적막함이 서러운데
어디선가 간간이 컹컹 개 짖는 소리
달님은, 걸어도, 걸어도 오누이를 따라오고
수많은 별들은 또 어디서 왔나
간간이 별똥별도 떨어졌지

저 떨어지는 별도 엄마 손을 놓쳤나 보다
허전하고 서러운 마음
걷다 보면 어둠 깔린 대지는 어렴풋하고
아련히 먼발치에서 또바리에 대 양푼을 인
엄마 모습이 아른아른 보이곤 했지
지금은 꿈속에서만 간간이 보이곤 하지

낙화

아롱다롱 변해버린
소리 없는 너의 모습

바람 친구 만나더니
이리저리 시달렸나

갈 곳 잃어 헤매다가
시름시름 나뒹구니

기운 없는 네 모습
절로 가슴 에이누나

감사의 대물림

나는 마음이 아릴 때면
엄마에게 이렇게 묻곤 했어요
엄마! 외롭지 않아요?

아니!
잠이 안 올 땐 성경책을 펴면
어느새 내 주변에 천사들이
방 안 가득 둘러앉아 있는 거야
그러니 하나도 외롭지 않지

엄마 흰머리가 많이 생겼어요
흰머리 좀 뽑아 드릴까요?
아니! 그냥 두어라
주님께서 주신 것이니 고이 간직했다가
언제라도 부르시면 하늘나라로 가져갈란다

일찍이 홀로 되신 어머니가
오로지 감사뿐이라는 어머니가
맘 아프고 화가 나기도 했어요
그러나 그런 어머니가 나는 자랑스러웠어요

나는 딸들에게 이야기합니다
할머니가 엄마에게 물려주신 감사는
우리 자녀에게 그대로 대물림될 것을
기도로 간구하고 소망한다고…

바람

도심 속 삭막함이 못내 안타까워
감성을 다칠세라 시골로 귀향하리

마을 어귀 개울에는 송사리 떼 노닐고
해묵은 느티나무 정자가 여유로워

손자 손녀 찾아오면 청정음식 먹이고파
푸성귀며 옥수수랑 종자 씨앗도 마련하리

곱디고운 너희들은 둘도 없이 하나뿐인
오롯한 내 사랑둥이들이야

가을 고추잠자리

해가 살포시 기우는 가을의 해 질 녘이면
나는 언제나 그렇듯이 빈 가슴이 되어
어릴 적 고적했던 그때를 떠올리네

가을날의 저녁 노을은 유난히도 붉었지
그때마다 나는 무언가 그리워지고
서러움에 겨워서 눈을 감곤 하였지

춥지도 덥지도 않은 소슬바람 이는 날
담 너머 아카시아 나뭇가지에는
빨간 고추잠자리들이 춤을 추었어

해가 살포시 기우는 가을의 해 질 녘이면
웬만한 기척에도 아랑곳없이 춤을 추었지
따듯한 가을 사랑을 춤추며 노래했지

솔내음

숲길을 걸으며 귀를 기울이면
바스락거리는 소곤거림을 들어요

황금빛 소나무
비님들 밤을 새워 오셨나요
온통 스펀지가 되었어요

양손 펴 살포시 기대면
그리운 솔내음이 손가락 사이로 마구 올라와요

송홧가루 날리는 날에는
눈감고 입 벌려 한껏 숨 삼키던
그런 날 그리워요

인생 유한

멀쩡하던 친구가 많이 아프단다
이러다가 어느 순간 이 세상 하직인가
얼마 남지 않은 인생에 시간의 촉박함을 느낀다며 푸념
이다

만류함에도
아픈 몸을 이끌고 전철을 두 번씩 갈아타며 나를 찾
아왔다

늘 희망을 잃지 않고 살아가는 억순이라고 자부했는데
아파서 누워 있다 보니 어느 순간 허망한 외로움이 몰
려왔단다

흐르는 시간을 붙잡으려
유한한 삶을 붙잡으려 보고픈 친구를 찾아보는 것이
라고…

친구야
너와 나는 지금까지 아낌없는 열정으로 살아왔으니
앞으로 남은 삶은 행복만을 가꾸어 보자꾸나
즐거움과 행복은 만드는 자의 것이니까…

삘기풀

허기졌던 시절
뒷산 이름 모를 산소 옆을 지나다
삘기 풀을 뽑아 먹곤 하였지

삘기 풀을 뽑아보면
하얗고 납작한 밑동 뿌리만이
단맛이 난다네

여러 개 뽑아내어 입에 넣고 오물이면
어느새 단물과 섬유질로 입안 가득하였지

오묘한 그 맛!
달콤한 풀내음 물씬 풍겨오면
어느새 겨워서 눈을 감곤 하였지

아!
그리운 날들이여!

아이는 행복에너지

우리 원에는
유난히 혀가 긴 귀요미가 있다
이름은 사랑이!
언제나 긴 혀를 날름날름 내밀며
뽐내기를 좋아하니 신기하기만 하다

유난히도 피부가 하얀
귀요미 사랑이!
천진하고 예쁜 모습을 보는 것만으로도 행복하다

"나, 오늘 엄마한테 말해줄 거야
선생님이 나~ 엄청 많이 예뻐한다구"

사랑아 고마워!

사랑

혼례를 치르기로 언약을 한 후
군대 간 예비 시동생의 면회를 갔다
돌아오는 길에 비가 억세게 내렸다
예상 못 한 날씨로 미처 비를 피하지 못했다
이런 연유로 많이 아팠다 여러 날이 지나도
좀처럼 회복의 기미가 없었다

마침내 심각한 지경에 이르렀다
쉽게 나을 병이 아니라고…
단지 이번 계기로 터질 게 터졌을 뿐
그동안 너무 몸을 혹사한 탓이란다
슬펐다

양가가 온통 걱정거리였다
친정에서는 혼례를 미루자고 했다
그러나 나의 약혼자는
그대로 강행하자고…
남편의 헌신은 언제나 지극했다

이제 나도
인생의 황혼기에 접어들었다

사는 동안 보육전문가와 새내기 작가도 되었다
남편과 두 딸, 두 사위, 그리고 손자 다섯
모두 열한 명의 식구가 되었다

'많은 사연을 맘속에 담고도
하고픈 말 상처 될까 일일이 고하지 못해
인생의 옹이들이 결 곱지 못해도
함께한다는 것 그 하나만이라도 얼마나 다행인가

인생살이가 흔들리지 않고서 어찌 인생이런가
함께 한다는 것은
그 어떤 것보다 아름다운 것을…'
이는 분명 사랑이리라!

진정한 스승님 사랑

며칠 전, 평생을 멘토가 되어주신 93세 되신
중2 때의 담임선생님께서
사모님을 통해 안부 전화를 하셨다
사모님의 말씀 중에
"우리 선생님은 평생 제자 한 분만으로도
보람이고 만족하답니다"라고…
이는 분명 스승님의 진정한 제자 사랑이시리라

오래전 가슴 뭉클했던 사제 간의 사연들이
알알이 가슴에 밀려오는 또 다른 뭉클함
걷잡을 수 없는 눈물로 스승님이 계시는 쪽
먼 산을 바라보며 감사드린다
만수무강하옵소서 스승님!
어찌 하오리까 세월이 낳은 이 무정함을…

울컥

온통 나라가 고적하고 혹독했던 날
그래도 변함없이 봄은 찾아와
창 너머에는 목련이 흐드러지고
나무 담장 위로는 개나리가 목을 빼고 흐늘거렸지

이내 맘 둘 곳 몰라 서성일 때
시모의 임종이 가까워 온다는 전갈에
가슴이 철렁 내려와 앉았지
그해로 어머니 연세 구십 팔세라
살면서 간간이 사랑을 확인하려 했던 말

어머니 하늘나라 가실 때는 꼭 이렇게
말씀해 주실 거지요?
"애미야 너랑 살아서 행복했다" 이렇게요
다시 한번 부질없던 말이 생각나
나도 모르게 울컥…

아버지 기억

내 기억에 아버지는
누구라도 올려봐야 하는
구 척 장승

내 기억에 아버지는
머리털이 하나도 없는
율 브린너

내 기억에 아버지는
턱수염이 수북한
털북숭이

내 기억에 아버지는
황소와도 싸워 이기는
천하장사

아들 다섯 다 제쳐 놓고
막내딸을 최고로 사랑하신
천하무적 딸 바보

사랑의 시

한 지붕 아래서의 영혼의 결합은
삶의 바람결에 실려 오는 생의 미소
세상의 모든 소음도 사라지고
슬픔까지도 조화롭게 승화시켰지

우리의 마음과 마음의 소리는
시간이 흐를수록 깊어가는 존재감으로
시간을 잊고 영원히 머무르며
서로의 숨결을 하나로 품곤 하지

우리의 이야기는 조화로운 리듬에 따라
지금이 행복이고 시작이 행복이야
하나의 목소리로 엮어서 풀어내며

평생 엄마공주

자녀들이
이 엄마에게 차려준 생일상이 아주 거하다
꽃 장식하며 케이크와 부채 모양으로 만들어준
용돈 다발이 아주 특별했다

다섯 명의 손주 녀석들이 할미 생일을 축하한다고
요란법석이다

편지글과 함께 각자가 준비한 선물을 받았다
시집, 립크림, 초콜릿, 예쁜 그릇 등등…

그중에서 큰딸의 막둥이 아들 녀석은 멋들어진 춤을 추
어 주었다
역시 타고난 재롱둥이다

작은딸의 초등생 아들은 며칠 전부터 흥얼대며 연습
했다는
〈개똥벌레〉 노래를 불러주었다
어설픈 표정이 너무 사랑스러웠다

손주 막내인 유치원생 손녀딸은

이 할미에게 '보글보글 파마공주' 그림을 그려주었다
오늘은 눈을 뗄 수 없는 행복한 날이다
사위와 딸들이 한마디 하라고 이 엄마를 부추겼다
"지금처럼 이 엄마는 평생 늙지 않고 예쁜 공주로만 살
겠다"
고 말해주었다

우리들의 자화상

나의 엄마는 내가 어린 시절부터 과부였다

나의 큰오빠는 낙천가이며 시인이었다

나의 둘째 오빠는 딸처럼 집안일을 잘 도왔다

나의 셋째 오빠는 장군처럼 호탕했다

나의 넷째 오빠는 걱정 끼치는 개구쟁이였다

나의 다섯째 오빠는 공부 잘하는 모범생이었다

나는 젤 예쁜 우리 엄마의 고명딸이란다

엄마는 모든 일을 감사로 승화시켰다

우리 모두는 세상에서 제일 장한 엄마의 자랑거리란다

아름다운 기억

마당 옆 장독대 위에는
엊저녁에 끓여놓은 보리차!

언제나 새벽녘엔 물통을 안고
운동장을 향해 한달음에 달려가곤 했었지

이른 새벽에 만나는 이들은
누구나 정겨워서 눈인사를 하곤 했어

코끝이 시큰한 날 새벽공기 마시며
행복했던 그때의 아름다운 시간들
그리워!

막둥이들의 춤솜씨

큰딸의 막둥이 아들
작은딸의 막내딸
이 둘은 단짝 친구
막둥이들은 온 가족의
행복이고 자랑거리

예쁜 손짓 귀여운 발걸음과
반짝이는 눈빛들이 만나면
서로의 손을 잡고 돌고 돌아
웃음소리 가득 퍼져나가는
마법과 같은 순간들이지

단짝인 막둥이들의 재롱
이들만의 한없는 귀여움
무조건적인 내리사랑이라 했는가
이들의 재롱은 행복을 담고 있기에
보고 있노라면 시간이 멈춘듯하지

펼쳐진 무대 위에 크나큰 꿈을 꾸듯
서로를 바라보며 신나게 추는 막춤은
언제나 우리 가족 모두를 행복하게 하지

막둥이들의 춤 솜씨
이 소중한 기억은 영원히 간직할
우리 가족 모두의 이야기…

상처를 품은 서정, 관계를 다시 부르는 목소리
— 최정옥의 「잊었기에 차마 잊었습니다」와 김소월의 「진달래꽃」을 비교 분석하며

이영철(소설가·한국소설가협회 부이사장 역임)

최정옥의 시집 『아지랑이 좋은 날에』는 시인이 직접 밝히듯 "삶의 사랑을 시로 엮은 결과물"이며, 그 시편들 가운데 "단 한 편이라도 독자들을 위로할 수 있다면", 또 "시 구절 하나라도 희망이 될 수 있다면" 그것으로 시집의 사명이 다해진다고 보는 태도 위에 놓여 있다. 기쁨과 슬픔, 사랑과 가족, 신앙과 일상 모두가 "소중하지 않은 것이 없다"는 시인의 말은 이 시집의 정서를 압축한다.

이 시집의 시들은 대체로 거창한 관념이나 난해한 상징으로 독자를 밀어내지 않는다. 오히려 살아낸 시간 속에서 길어 올린 감정, 관계 속에서 눌리고 흔들린 마음, 그리고 그것을 다시 다독여 일으켜 세우는 생활의 언어가 중심을 이룬다. 이런 점에서 최정옥의 시는 전통 서정의 한 갈래를 잇고 있으면서도, 그것을 현재의 말맛과 정서로 다시 풀어내는 방식에서 자기만의 결을 보여준다.

이 시집을 읽을 때 자연스레 떠오르는 비교 대상 가운데 하나가 김소월의 「진달래꽃」이다. 한국 서정시의 원형이라 불릴 만한 이 작품은 이별의 슬픔을 직접 폭발시키지 않고, 보내는 몸짓 속에 감정을 눌러 담는 방식으로 오래 사랑받아 왔다. 「진달래꽃」의 화자는 떠나는 이를 붙잡지 않는다. 붙잡지 않겠다는 결심과 붙잡지 못하는 슬픔이 한데 얽히며, 체념과 사랑, 자존과 비애가 동시에 울린다.

최정옥의 시 역시 사랑과 상실, 그리움과 체념을 다룬다는 점에서 소월의 서정과 맞닿아 있다. 그러나 최정옥이 소월과 구별되는 지점은 정한의 구조 자체보다, 그것을 말로 건네는 방식, 곧 생활어의 밀도, 관계를 직접 호명하는 어조, 감정의 미세한 진동을 일상적 말투 속에 눌러 담는 태도에 있다. 소월이 민요조 율격 속에서 한국 서정의 깊은 바닥을 울렸다면, 최정옥은 생활의 표정이 묻은 말들 속에서 관계의 온도와 상처의 여운을 다시 불러낸다.

그 점이 가장 선명하게 드러나는 작품이 「잊었기에 차마 잊었습니다」이다. 이 시의 핵심은 제목 그대로 역설에 있다. 잊었다고 말하지만, 그 말은 완전한 망각의 선언이 아니다. 오히려 잊지 못하기 때문에, 차마 잊었다고 말할 수밖에 없는 마음의 꼬임이 이 시를 떠받치고 있다. 소월의 「진달래꽃」에서도 떠나는 이를 붙잡지 않겠다는 말은 실은 가장 깊은 슬픔의 표현이다. 감정을 눌러 말할수록 오히려 감정은 더욱 선명해지는 것이다. 두 작품은 이 점에서 닮아있다. 이별은 추상적인 사건이 아니라, 안부를 묻는 한마디와 그것을 받아들이는 마음의 결 사이에서 다시 살아난다. 최정옥의 시는 바로 그 생활 속 파문을 포착한다.

이에 비해 「아지랑이 좋은 날에」는 같은 사랑의 서정이면서도 훨씬 바깥을 향해 열려 있는 작품이다. 이 시는 부재한 상대를 향한 그리움이면서 동시에 관계를 다시 불러들이는 초대의 말이다.

소월의 「진달래꽃」이 떠나는 임을 보내는 시라면, 최정옥의 「아지랑이 좋은 날에」는 아직 오지 않은 혹은 머뭇거리는 존재를 향해 손을 내미는 시다. 둘 다 사랑의 거리감을 다루지만, 한쪽이 이별의 정조를 깊게 끌고 간다면 다른 한쪽은 동행의 가능성을 끝까지 놓지 않는다.

이 작품에서 특히 눈에 띄는 것은 어조다. "오시와요", "가자요", "손을 잡아요" 같은 표현은 문어적 장엄함보다 구어적 친밀감에 가깝다. 최정옥의 시가 종종 정감 있게 다가오는 이유가 여기에 있다. 그는 사랑을 관념이나 상징으로만 밀어 올리지 않고, 입 밖으로 내어 부를 수 있는 말로 만든다. 그러면서도 그 말이 가볍지 않다. "아지랑이 가물거려 좋은 날" "갯버들이 움터 올라 고개 내밀면" 같은 자연의 징후들은 단순한 배경이 아니라, 기다리

던 관계가 움직이기 시작할 수 있는 계절적 분위기를 만
든다.

이러한 특질은 「잡초」에서 뜻밖의 방식으로 변주된다.
「잡초」는 표면적으로는 앞의 두 작품보다 더 강하고 거
친 정조를 띤다. “마구 힘 솟아 나풀대는 너는 누구냐 /
인정할 수가 없어 힘들어”, “잘난 체하는 너와 / 엮이게
되고 함께 사는 게 유감이야”, “너는 밟을수록 고개를 쳐
들어 나풀대고 / 나를 지치게도 하며 우롱하지”, 그리고
끝내 “너는 잡초야”라고 선언하는 화자의 목소리는 매우
날이 서 있다. 마지막의 “잡초는 우거져도 잡초 세상이고
/ 잡초는 꽃을 피워도 잡초다”는 단정은 거의 판결문처
럼 들린다.

이 시는 얼핏 보면 상대를 비하하고 밀어내는 적대의
언어처럼 보인다. 실제로 이 작품의 표면에는 타자를 받
아들이지 못하는 감정, 관계 속 불편함, 화자의 분노와
피로가 짙게 배어 있다. 그러나 바로 그 점 때문에 이 시
는 흥미롭다.

소월의 「진달래꽃」이 떠나는 이를 끝내 저주하지 않고,
오히려 꽃을 뿌려 보내는 품위 있는 체념의 시라면, 「잡
초」는 그러한 미화나 승화를 거부한다. 최정옥은 여기서
사랑의 정조나 이별의 미학이 아니라, 사람과 사람이 뒤
엉켜 살아가는 현실 속의 불편함과 열패감을 정면으로
드러낸다. 다시 말해 이 시는 서정의 범위를 넓힌다. 서정
이 꼭 아름답고 맑은 감정만을 다루어야 하는 것이 아니

라, 받아들이기 힘든 타자 앞에서 흔들리고 상처 입는 마음도 서정의 내부에 들어올 수 있음을 보여주는 것이다.

그러나 이 작품의 진짜 중요성은 화자의 정서가 거칠다는 데만 있지 않다. 오히려 더 눈여겨볼 것은 명명하는 방식이다. 화자는 상대를 '잡초'라고 부른다. 그 이름을 붙이는 순간 상대의 성장은 무효가 되고, 아름다움은 박탈된다. "꽃을 피워도 잡초다"라는 구절이 보여주듯, 이미 붙여진 이름은 대상의 변화조차 받아들이지 않는다. 이 시를 사회비평으로 과장할 필요는 없지만, 적어도 이 작품이 타자를 한마디로 규정해버리는 말의 폭력성을 드러내고 있다는 점은 분명하다. 역설적으로, 최정옥은 이 시에서 아름다운 꽃보다 '잡초'라는 명명 자체에 더 강한 정서적 압력을 실어 보인다. 그래서 이 작품은 시집 전체에서 다소 이질적으로 보이면서도, 오히려 최정옥 시의 폭을 보여주는 증거가 된다. 그가 다루는 서정은 단순한 그리움이나 온기만이 아니라, 관계의 충돌과 그로 인한 심리적 상처까지 포함한다.

이렇게 볼 때, 「잡초」, 「아지랑이 좋은 날에」, 「잊었기에 차마 잊었습니다」는 고상한 말로 서정을 멀리 밀어놓지 않고, 우리가 실제로 건네고 들을 수 있는 말들로 시를 세운다. 그래서 최정옥의 독특성은 전통 서정의 계승 여부보다, 그것을 생활의 언어로 현재화하는 방식에 있다고 해야 한다.

최정옥의 시가 궁극적으로 향하는 곳은 상처의 부정이 아니라 상처를 안고도 다시 말을 건네는 자리다. 시인은 "삶의 사랑"을 시로 옮겼다고 했고, 그 시가 누군가에게 "위무"와 "희망"이 되기를 바랐다.

이 시집 전체는 결국 인간 마음의 결을 매몰차게 외면하지 않는다. 그것이 최정옥 시의 힘이다. 그의 시는 화려한 수사보다 오래 살아낸 사람의 마음으로 읽히며, 어려운 사유보다 실제로 부르고 꺼내볼 수 있는 말로 남는다.

결국 최정옥의 시는 김소월 이후 한국 서정시가 지녀온 슬픔과 기다림의 정조를 완전히 벗어나지 않으면서도, 그것을 훨씬 사적이고 생활적인 어법으로 다시 쓴다. 그리고 바로 그 점에서 그의 시는 낡지 않는다. 전통을 반복하지 않고, 삶 속에서 다시 데워 독자에게 건넨다. 이것이 『아지랑이 좋은 날에』가 보여주는 최정옥 시의 가장 두드러진 미덕이며, 동시에 김소월의 서정과 나란히 놓아도 분명히 구별되는 최정옥만의 그 자리이다.

아지랑이 좋은 날에

최정옥 지음

발행처	도서출판 청어
발행인	이영철
영업	이동호
홍보	천성래
기획	육재섭
편집	이설빈
디자인	이수빈	구유림
제작이사	공병한
인쇄	두리터

등록　1999년 5월 3일
（제321-3210000251001999000063호）

1판 1쇄 발행　2026년 4월 2일

주소　서울특별시 서초구 남부순환로 364길 8-15 동일빌딩 2층
대표전화　02-586-0477
팩시밀리　0303-0942-0478
홈페이지　www.chungeobook.com
E-mail　ppi20@hanmail.net

ISBN　979-11-6855-441-2(03810)